오래 말하는 사이

오래 말하는 사이

신달자 시집

민음의 시 122

민음사

시인의 말

　이 시집은 대략 두 가지로 나눌 수 있다. 하나는 말과 침묵의 의미이고, 또 하나는 내가 가장 나 자신으로 돌아와 있었던 그간의 내 삶의 표정들이다. 시대는 폭주의 속도로 내달리고, 개인이 없는 다수의 급물살에 거칠게 떠내려가는 도시적 삶의 상처 속에서 나는 볼륨 높은 소리의 악을 떠나 가능한 소리 없는 소리의 세계에 귀 기울이는, 그래서 할 수 있다면 선한 침묵의 말에 귀 기울여 보는 데 많은 시간을 투자하려 했다.

　종일 말하고 말의 홍수 속에 젖어 살지만, 말이 증발된 갈증의 허허한 가슴으로 고요히 침묵 속으로 잠수해 들어가 진정한 말을 발견하고 싶었다. 내 귀는 소리를 듣는 귀가 아니라 진정한 말을 찾는 귀가 되기를 나는 바랐다. 영혼의 눈을 뜨지 않고서는 들을 수 없는 말을 찾는 종교적 침묵 여행을 맨발의 정신으로 떠나갔던 것도 그 때문이었다.

　그것은 가볍게 혹은 무겁게 시와 한 몸이 되려는 나의 소망이었다.

　그래서 나는 기꺼이 엎드렸고 삶이라는 지배자 앞에 무릎을 꿇었다.

　나는 이 세상으로부터 떠밀려 내던져지는 삶의 가혹함, 누군가가 행복 배분을 잘못했으리라는 의심과 울분을 차분하게 잘 삭혀내는 인내를 조금은 배웠는지 모른다.

　그래서 내 몸과 정신을 점령하는 부패에 가까운 고독을 노래하면서도 거기 코믹한 웃음을 살짝 뿌려본 것도 그 인내의 사촌쯤 되는 여유일 것이라고 나는 생각한다.

　내 생이라는 것. 따귀를 쳐도 분이 풀릴 것 같지 않는 그것에두 미소를 띄운다. 가끔은 그 어느 페이지에는 가슴 뛰는 흥분도 있지 않았는가. 가능한 정직하게 현재 심정의 옷고름을 풀기로 했다. 늘 긴장하고 그래서 온몸을 조여 딱딱한 삶의 이완을 나는 이 시집에서 기대하고 있다.

— 2004년 10월　신 달 자

차례

소리 없는 말씀

아침에 일어나면
베란다에 앉은 화분에
꽃 한 송이 또 피어 있다

밤의 깊은 침묵이 호올로 이끌어낸
붉은 전언(傳言)
한마디 툭 내 이마를 때리니
꽃피는 공간에
나 서 있는 것 보인다

노래 한번 불러주지 못했는데
간밤 웅성거림 하나 없이
따뜻한 예감으로
내 가슴속에 활짝 피어올라
기우뚱하는 나를 바로 세우는
저 몸집 여약한
그러나 당찬 말씀의 홀몸 길들이기

아침부터 나는 학습 중이다

말을 찾아서

동틀 녘 열 길 우물 속에서 길어 올리는
외할머니 두레박에 어리는 첫 햇살 섞인 말

단 한 알의 돌마저 고르는
어머니 수천 번의 키질 끝에 눈송이 같은
하얀 쌀밥 위에 따스한 김으로 오르는 말

천 날 기원이 깃든 속 깊은 겹겹의 그 말들
덜커덩 젊은 날의 급 물살에 떠내려 보내고
나 무엇을 잃었는지 일생 눈물 끝 찾지 못하고
들릴 듯 들리지 않는 말 찾아 나 오늘도 떠내려 가네

아침 강

말은 없지만 고단한 걸음이었을까
선하게 보이는데 끓어오르는 것이 있었을까
어둠이 벗겨지며 강의 잔잔한 몸이 드러날 때
저 발끝에서부터 서서히 피어오르는
어리어리 피어오르는
살 같은 연기
피 같은 연기

아예 말문을 닫은 지 수 세기
그러나
수 세기의 시간도 모자라는
몸 길들이기 울음 길들이기
오늘 아침에도
지난밤 내내 통증 잠재우는
쑥뜸을 떴는지
살 같은 연기
피 같은 연기

침묵피정 1

영하 20도
오대산 입구에서 월정사까지는
소리가 없다
바람은 아예 성대를 잘랐다
계곡 옆 억새들 꼿꼿이 선 채
단호히 얼어 무겁다
들수록 좁아지는 길도
더 단단히 고체가 되어
입 다물다
천 년 넘은 수도원 같다
나는 오대산 국립공원 팻말 앞에
말과 소리를 벗어놓고 걸었다
한 걸음에 벗고
두 걸음에 다시 벗었을 때
드디어 자신보다 큰 결의 하나
시선 주는 쪽으로 스며 섞인다
무슨 저리도 지독한 맹세를 하는지
산도 물도 계곡도 절간도
꽝꽝 열 손가락 깍지를 끼고 있다
나도 이젠 저런 섬뜩한 고립에

손 얹을 때가 되었다
날 저물고 오대산의 고요가
섬광처럼 번뜩이며 깊어지고
깊을수록 스르르 안이 넓다
경배 드리고 싶다

침묵피정 2

엄숙하다
눈 덮인 산 입구에 들어서니
나무들이 미사포를 쓰고 서 있다
말문을 닫은 자들이 오르는
긴긴 묵상의 대열
나는 젤 뒷자리에 서서
말문이 아니라
목숨도 닫을 요량으로
저 세상의 소음과
단절의 각오를 투합하는
눈 덮인 바위산을 본다
여기서 내 말은 죽었지만
내 발자국은 살아 눈뜨고 있으니
여린 풀들을 키우는
내 가슴은
뜨겁게 끓는다
어둠이 오면서
우리가 선 줄은 일제히 지워지고
지금부터다
스스로 갈 길을 정하는

단호한 선택
급랭시키듯 기온 추락하는
겨울밤의 으르렁거리는
검은 이빨 사이
나 기꺼이 동사(凍死)를 향하여
눈 산 위에 입 꽉 다문 결의를 찍으며
침묵의 재를 넘는다
등 뒤에서 발자국들이
새끼 양 떼처럼 줄줄이
따라온다

침묵피정 3

나는 그만 말할 뻔하였다
오 일째 침묵 속에서도
나는 침묵으로 들지 못하고
아무도 모르게 눈을 뜨고 말았다
창으로 비치는 여름 들판의
튼튼하게 익어 있는 옥수수와 수수깡들이
내 몸속으로 쑥쑥 들어오고 있었다
나무마다 비릿하게
하얀 수액을 풀어놓는
여름의 왁자한 음욕이 싫어
침묵 속으로 들어간 나는
침묵의 내 몸 읽기에 그만 들켜
쩌렁쩌렁 소리가 울리며
침묵 안으로 통과하지 못했다
모두 버렸다고 고백했는데
침묵은 눈감고도 나를 알고 있었다
덕지덕지 시퍼런 욕망을 온몸에 달고
씩씩거리는 여름 나무들 속에
입만 다물고 활짝 가슴을 열고
숨차게 서 있는 나를

침묵은 표정 없이 고개를 젖고 있었다
침묵의 손이 차갑게 문을 걸고
나는 어두운 외곽 도로에 서 있었다
몸을 버리지 않고서는 닿지 못할
저 먼 침묵의 집

경기도 양평군 공세리 부근

영하 20도
경기도 양평군 공세리의 한 실개천은
20년 원한 같은 두께로 꽝꽝 얼어 있었다
겨울 되기 전 어느 가을
이 실개천은 입 밖으로 소리조차 못 내고
혀 짧은소리로 오물오물 흐르고 있었다
별을 단 동장군 몇 차례 지나간 후
누구 명령에도 입 열지 않겠다는
단호한 고집 그 끄떡 않는 침묵이
늠름히 너무 커 보인다
굵은 뼈마디가 우드득 잡힌다
겉 표정은 번뜩이는 결의로 눈부시고
안으로는 어두운 귀도 열어주는
산모의 젖줄같이 흐르는
소리도 올스톱으로 정지되어 있다
지구의 온난화 대명제를
너의 작은 침묵으로 성토하려느냐
경기도 양평군 공세리 부근 이름 없는 실개천 하나
무슨 말 하려다 꿀꺽 삼킨 억센 함구
온몸 굳어 쇠붙이 같다

겨울나무 속으로

바람 불 때 보인다
몇백 개의 십자가 엉켜 펄럭이는
겨울나무
앙상한 가지들 맨몸으로
강풍 속에 뼈 부러지도록 흔들리는
극기 지나고 나면
건널 강을 모두 건넜는지
나무 한 그루 마치 교회 같다
바람 잠자고
십자가 하나로 몸 줄인 묵상의 집
나는 강한 손짓에 이끌려
가볍게 교회 안으로 들어선다
아하 겨울 마른나무 속이
사람을 눕히고도 그만큼 다시 넓다
생명은 안으로 다 통해 있어서
아래로 내려가면 봄을 안고 있는
따뜻한 뿌리 가늘고 여리지만 톡톡 튀는
생기 있는 말씀들
영하의 강풍을 이기느라 말 없었구나
겨울나무는 지금 미사 중이다

침묵의 계단

구름들도 잠시 걸음을 멈춘
계단 위로 한 발 오르면
천 년의 말들이 다 가라앉은 듯
고요 섬뜩하다

한 번은 오를 참이었다
망설이고 머뭇거리던 세상 소음들
단번에 털고
무겁게 한 발 더 오르면
벽이었던
허공이었던 거기
처음 열리는 문고리들이
지그시 떨리며 밝은 빛을 열어 보인다

한 번은 지상의 관계를 놓아버리고
오르고 싶었던 정상
태초의 산이
태초의 강과 바다가
태어난 알몸의 몸으로 살아 있는
쉿!

눈으로도 말하지 마

사람의 기척으로도 사라지고 마는
저 귀 멍멍한 높이에서
말의 그림자까지 완연 지우고
다시 한 발 오르면
내가 태어나기 전의 풀들 반짝이고
어디에도 열리는 문이 있어
그 문 너머 옷 입지 않은
아담과 이브도 있어

어느 폭풍의 말

어디서 왔는지
다급하게 밀어닥친 바람이
숲에서 비명을 지르고 달아났다
나무들 무슨 일인지 알지 못했다

병약한 나뭇가지 몇 개 꺾이고
바람과 나무 울음이 엉겨 숲을 흔들었지만
폭풍의 이름으로 휩쓸고 간 것은
일이 아니라 말이라는 것을 아무도 몰랐다
모르기는 부드러운
바람이 나무들 머리 쓰다듬고 지나갈 때도
몰랐다
무슨 말을 하긴 했다
바람도 가슴과 다리를 다쳤다는 것을
아무도 듣지 못했다

바람이 아직도 바람인 것은
세상을 어지럽히는 폭풍이
난폭한 짐승인 것은
사람들이 아직도 그의 말을 알아듣지 못했기 때문

바늘

누워 있는 대바늘 하나
실 꿰어본 지 참 오래
애틋하다
나는 바늘을 뽑아
바람도 들지 않는 바늘구멍 안으로
윙크를 하며 내 한쪽 시선을 꼽아본다
어차피 바늘 따라 오는 실 없고
실 따라 오는 바늘 없는
툭툭 끊겨 있는 지나온 길들 위에
잎 다 떨구고 서 있는
가을 나무들이 보인다
사실 나는 대낮 청명한 날
이빨로는 끊어지지 않는 튼튼한 실을 꿰고
저 시청 앞 광장을 남 보란 듯 박음질하고 싶은데
야밤에 구멍 하나로 눈떠 있는 알바늘 하나
뱀처럼 기어가면 능구렁이처럼 실이 따라오는
그런 악연도 없는
밤 2시
반짇고리 어둠 속
발가벗은 바늘 하나 낙엽처럼 떨어져 있다

오대산이 허리춤을 풀다

오대산 가는 옆구리 길
길 없는 산길을 오기 앞세워
무릎 꺾으며 올라갔다
3월 초입에도 기척 없이 얼어
귀먹어 있는 벙어리 산
고요 참 깊으니
짐승의 눈처럼 번뜩이는
날 선 비수같이 몸 조우네
덩어리째 얼음산 된 산 겨우 넘고
다시 산 넘어 산골 깊은 재를 돌면
우와하 거기 하느님이 꼭꼭 숨겨놓은
서랍 하나 떨리는 가슴으로 열고 말았네
산과 산이 두 팔 펴 아늑히 가리고
낮은 바위와 바위가 서로 몸 낮춰
계곡 막은 나신(裸身)의 연못 하나
여자 반쯤 누운 모습 역력하고
다리를 하늘로 뻗은 넉넉한 바위 하나
당당히 부끄럼 없이 서 있다
어쩌다 저쯤에서 굳어버렸나
오대산이 위엄 털며 후다닥 허리춤 풀 때

미끄러져 내려오던 계곡 물도 후끈해
치마를 내리다 말고 얼어 굳어버렸나
겨울 산에 잡혀 인가로 내려가지 못한 의문들
봄 오면 산에서 내려오는 풍문 많겠다
죽은 듯 누워 비밀 바라본 재 재 재 산나물들
오물오물 퍼뜨리고 싶은 파릇파릇한 얘기 많겠다

응달의 바람은 소리가 없다

빈 들 몇 지나
소문 없이 흐르는 강 그 옆에
혀도 귀도 잘린 갈대 몇 그루 서 있다
바람도 없다
어디서 쫓겨나 여기 뿌리 내리고
입도 귀도 없이 사는 멍청이 가족
어느 날 어머니 집 나가
흰머리 풀고 흰 고무신 벗던
물기 고요히 가시고 그늘로 스며들던
영혼 빠진 수척한 뼈마디 몇 개 보인다
잎마다 붉은 혓바닥으로 허공을 핥던
바람난 가을은 이미 지쳐 늘어지고
가을의 뒤꿈치가
스르르 강 속으로 미끄러지고
다가선 겨울이 고집스럽게 딱딱하다
온몸 상처에 이골 난
어머니는 사계절 손가락에 붕대를 감고
솟구치는 욕지기도 붕대로 감았다
딸은 강 얼기 전 스르르
어머니를 강 밑으로 밀어 넣는다

소리도 없이 피도 눈물도 죄업도 받아들이는
저 입 무거운 강
풍덩 소리 마저 소리 나기 전
거둬 삼키는 고요
어머니 딸을 향해 욕질 탕 탕 탕
쏘아대려다 멈칫 돌이 되었을
응달의 바람은 소리가 없다

감자 밭에서

안식이란 말을 잘못 사용하였다
두 다리 쭉 뻗고
편안한 등의자에 몸을 눕히고
나른한 햇살 아래 누워 있을 때
회복기 환자처럼 미소를 띠우며
나는 안식 속에 있다고 말하였다

기도와 노동만을 위해 시간을 바치는
피정의 어느 날
나는 감자 밭에서 혼절하듯
안식이란 단어를 떠올렸다
무서운 폭풍에도 잠잠하게 숨 쉬며
입 열지 않고 제 일에 열중한
알토란 같은 감자를 캐어 내면서
달 같은 해 같은 줄줄이 따라 잡혀오는
흙을 입에 문 흙의 알들을
눈물로 땀으로 온몸으로 안았다

열 손가락 손톱에 흙이 자욱히 끼어
검은 매니큐어를 칠한 것 같은

포스트모던한 내 두 손 위에
감자를 품었던 흙이
흙에게 태어나 탯줄을 끊는 감자가
햇살의 알갱이를 품고 노래를 부르고 있다
나도 생명을 받은 산파 한번 되어
흙 속에 두 발을 묻고
싱싱한 안식의 소나기를 온몸으로 받고 있었다

저 우주의 신비를 보아라

목욕탕에서
성스럽게 무릎을 꿇고
두 사람의 몸을 닦았다
무겁게 돌아앉은 배부른 여자의
등을 밀면서 자꾸만 나는
만지면 터질 것 같은 그녀의
배꼽 쪽으로 손이 가고 싶어 한다
젊은 날 어쩌다 남자의 몸이 닿기만 해도
구역질을 시작하는 다산 체질의 시절
나는 배부른 여자를 바라보는 일도
징그러웠는데 오싹했는데
아 저 우주의 신비를 봐
둥그렇게 우주를 안은 여자의 몸을 만지며
나는 조금씩 몸이 살아난다
열 손톱이 찡하게
지르르 지르르
울리는 종소리를 듣는다
50층 건물보다 더 나를 압도하는
검은 젖꼭지와 저 아름다운 동산에서
나의 추억의 천사들이 푸드득거리며

쏟아져 나오고
그 성스러운 신비에 비누 거품을 문지를 때
여자가 꽃핀다
어머니가 꽃핀다
생명이 꽃핀다
내 손이 꽃이 되어 피어나고 또 피어난다
오랜만에 너무 빛나고 귀한 내 손이여
나는 두 손을 들고 오래오래 앉아 있었다

생명의 집

내 몸속에 아직 절개되지 않은
숨은 우주 하나
생명이 자라지 못하는
폐가로 문 닫은 지 오래
은총의 껍데기로 말문 닫은 지도 오래
너무 고요해 내 몸속에 있는지
배꼽 주변을 손으로 더듬어본다

숨결 들리지 않는
무인도의 둥지로 밀려나
아무도 찾지 않는 인적 없는 집
내 배는 너무 낮고 기억력도 희미하다

그러나
자궁은 이제 궁궐은 아니지만
결코 양보할 수 없는 그 자리에
늠름히 있어
옛 추억이나 더듬는 과거는 아니다
먼지 같은 남자의 시한부 씨앗 하나를
생명으로 키운 나는 창조주

지금 어둠 속에 고요히 어둠으로 접혀 있지만
그 명예는 아름답다
너무 오래 불러주지 않아
대답을 잃어버린
몸 중에 가장 눈부신
오오 눈부신…….

여보! 비가 와요

아침에 창을 열었다
여보! 비가 와요
무심히 빗줄기를 보며 던지던
가벼운 말들이 그립다
오늘은 하늘이 너무 고와요
혼잣말 같은 혼잣말이 아닌
그저 그렇고
아무렇지도 않고 예쁠 것도 없는*
사소한 일상용어들을 안아 볼을 대고 싶다

너무 거칠었던 격분
너무 뜨거웠던 적의
우리들 가슴을 누르던 바위 같은
무겁고 치열한 싸움은
녹아 사라지고

가슴을 울렁거리며
입이 근질근질 하고 싶은 말은
작고 하찮은
날씨 이야기 식탁 위의 이야기

국이 싱거워요?

밥 더 줘요?

뭐 그런 이야기

발끝에서 타고 올라와

가슴 안에서 쾅 하고 울려오는

삶 속의 돌다리 같은 소중한 말

안고 비비고 입술 대고 싶은

시시하고 말도 아닌 그 말들에게

나보다 먼저 아침밥 한 숟가락 떠먹이고 싶다

* 정지용의 시 「향수」에서 인용.

눈물 나비

수면으로 두른 집 그녀는 거기에 있다
눈부신 기대의 아침과 낭자하게 무너진 밤이
녹아 있는 집
온몸을 깨뜨리지 않고서는
온몸을 찌르르 울리지 않고서는
만들지 못하는 집
몇천 톤의
희망이 으깨어져
실의의 불로 단근질하여 맑아진
그 한 방울의 집
그 집
세상에 나와도 소리 없는
소리 없지만 세상 모서리에 금이 그이는
수면으로 지은 동그란 우주 속에 그녀는 산다
세상 허공이 그녀 뼈에 자리 잡아
육신을 납작하게 엎드려
겨우 조심히 발을 떼는 그녀 발목이 삐꺽한다
아파…… 아파……
살 오른 눈물 집이 절로 얇아져 툭 터진다
수면이 터지고 젖어 번진다

번져 나른다
사르르 나비 날아오른다
하르르 나비 날아오른다
상처의 알이지만
빛의 깃발로 날아오르는
허공 날개
눈물 나비 사라지고
삶의 안쪽에서
어디선가 생의 알이 다시 태어난다

개가론(改嫁論)

앞으로 살날이 멀었다면서
나보고 팔자를 고쳐보라고 하네
내가 알기로 우리말은
망가진 것을 새로 손보는 것을
고친다라고 하지 않는가
내 인생이 그렇게 망가진 것일까
망가진 인생을 고쳐보면 이음새 없이
고쳐지기는 하는 것일까
바늘 자국도 못 자국도 없이
고쳐지기는 하는 것일까
앞으로 살날이 멀었다면
그래 그렇지 한번 팔자를 고쳐보는 일
나쁘지 않으리라
그러나 나는 행복의 얼굴을 몰라서
아무 거나 행복인 줄 안아버리면 어쩌나
안겨버리고 나서
운명이라고 다시 참고 주저앉아 버리면 어쩌나
달콤한 맛에 내 혀는 우둔해서
행복을 먹여도 맛을 모르면 어쩌나
너는 너무 억울하니 팔자를 고쳐보라는

그 목소리 앞에서
나는 얼른 대답을 못 하고 어물어물
절절 쩔쩔 얼굴만 붉히고 있네
마음으로는 네 네 네 하라고 부추기는데도
왜 말이 입 밖으로 나오지 않나
까짓것 한번 고쳐봐도 될 일인데
한바탕 뜨거워져 불이 나도 될 일인데

서울 강남구 강변 사하라 사막

내몽고 사막에서
먼지 같은 모래
폭풍에 실려 와
한반도를 떠도는
저 심사가 궁금하다

퉁퉁 부은 황사 바람 떼로 몰려
누우런 구렁이처럼
머리맡에 똬리를 트는
서울 강남구 강변 사하라 사막

토양이 비슷한 곳으로 모여든다
사막들도 서로
피로 이끌려 안아 들일 줄 아는가

유독 내 집 현관 안으로 밀려와
도무지 알 수 없는
이 세상사의 쟁점을
우물거리며 풀어놓는
사막의 손

나의 사막이 꿈틀꿈틀
자리를 비켜주며
낯선 사막을 받아들이는 것이
서로 몸 비비며
같이 뭉개지고 싶은 것인가

집으로 지었으나 사막이 된 사막 위에서

입

내 입속 동물들은
나와 의논이 잘 맞지 않았어요
살아갈수록 씹는 재미로 사는
치졸한 악어
살아갈수록 좌우 핥는 재미로 사는
교활한 꽃뱀
그러나 어쩌겠어요
한몸으로 움직여야 살아남는다고
물고 씹고 빨고 핥으며
낮은 자세로
슬슬 비위를 맞추며 허리를 굽혔지요
하기는 춤추는 혀로
혀를 물어뜯는 음탕함도
닥치는 대로 꽉 물고 내 것이라고 우기는
치기도 있긴 있었지만
아 요즘은 무슨 변화가 있나 봐요
불꽃 혀의 난장 춤도 그치고
이빨로 덤비는 우매한 강탈도 사라져
게으른 몸짓이 나와 의논이 딱 맞아요
입속 화해가 적당한 온도를 유지하고 있어요

내시경

보인다
위(胃)에 몇 개 붉은 매화가 피었다
꽃잎 피려고 밤마다 허리 오므리게 했다
허벅지에 가슴을 대고
바닥을 기며 돌다보면
내 몸은 모두 허리가 되어 구부려 젖어 있다
뭐가 급했을까
황급히 입으로 꿀꺽 삼켜버린 것들
시고 쓰고 떫은 것들
목을 넘어가면서 서로 손잡고
저들끼리 한판 붙어버린 것인가
위가 위험할 뻔했다
사는 일이 너무 뜨거워
잘게 씹어 내지 못한 것이 잘못인가
땀과 눈물도 흐르지 못한 채
소금 몇 알로 하얀 매화로 피느라
온몸이 후끈 열 받는 꽃밭이다
술렁술렁 넘어가는 것은 어디에서나 걸린다
담담하게 상처의 꽃으로 피어나는 저 극비의 위독
그러나 결코 외상(外傷)은 없음

천수 천안 보살

한 개의 손만 더 있으면 좋았지
두 개의 손으로는 그 짐을 다 들 수가 없었어
몸이 덥고 아직은 여리고 곱던
서른다섯의 나이에
이미 두 개의 손이 다 닳아
조막손이 되고
나는 내 조막손을 만든 운명에게
무릎 꿇고 빌었지
내 조막손이 싹이 돋아
세 개의 손을 네 개의 손을 열 개의 손을
틔워주기만 하라고
그러면 다시 조막손이 될 때까지
내 발밑의 뿌리처럼 엉긴
못난 인연들을 위해 닳도록
문지르며 가루가 되겠노라고

아 그 시절 직지사 대웅전에서
만난 괴이한 보살 하나
눈이 천 개가 달린 천 개의 손을 가진
그 보살은 이글이글 천 개의 태양으로

내 가슴에 떠올랐지
눈을 떠봐!
가슴으로 눈을 뜨면 천 개의 손이 몸에서 솟아나고
천 개의 손에서 천 개의 눈이
맑고 빛나게 열려
다 닳은 몸에
광대한 숲 하나 들어와 앉았지
앉은뱅이 재기(再起)가
꿈틀꿈틀 조막손에
푸른 물결로 출렁이고 있었지

줄장미의 비밀

30대 후반 40대의 울타리를 넘던 그 시절
내 집 담을 모두 줄장미로 꽉 메웠습니다
사람들은 나를 마음이 예쁘다고
거리를 환하게 하는 천사의 마음이라고
부드러운 미소 꽃을 보내왔습니다
사실은 내가 담 넘고 싶어서
거리 쪽으로 내가 꽃피우고 싶어서
담 전체를 주르르 생피 같은 줄장미로
담 타고 넘게 했는지는 아무도 몰랐습니다
사람들은 꽃 너머 안주인을 궁금해했지만
나는 밤낮으로 밖이 궁금해
줄장미꽃들에 숨어 담을 넘고
거리의 외간 남자를 훔쳐보기도 하고
줄행랑을 칠 길들을 훑어보기도 하였습니다
서서히 내 눈이 충혈되면서
내 눈에는 줄장미가 연이어 피고
이마엔 열이 모질게 끓었습니다
40대 후반 50대의 울타리를 넘던 그 시절
나는 담을 넘어 지붕을 오르는
박 나무 한 그루를 심었습니다

저녁 한때

상추에 광어회를 놓고 그 위에 된장과 마늘을 싸
내 입에 넣어주는 그 사람과
시장 바닥에 콜라 병 나무 박스를 엎어놓고
쪼그리고 앉아 소주를 나누는 나는
이미 알콜 농도 50도로 오르고

63빌딩에서 알랭 들롱 같은 준 재벌과
비프스테이크를 자르며 붉은 와인을 마시던
그때보다 나는 자꾸만 더 높이
하늘 쪽으로 날아오른다

겨우 소주 한잔에 발끝부터 취해 올라
올라 올라 나는 으악 으악 소리가 난무하는
시장 바닥에서
유치한 사랑 노래의 유행가를 부르고 싶은
술보다 더 알콜 농도가
높은 것에 취해서 취해서…….

산 도적을 찾아서

시름시름 앓는 나를 보고
문정희 시인이
신 선생 약은 딱 하나
산 도적 같은 놈이
확 덮쳐 안아주는 일이라고 한다
그래 그것 좋지
나는 산 도적을 찾아
내일은 광화문을 압구정동을
눈웃음을 치며 어슬렁거려 봐야지
그러나 문 시인
높은 빌딩의 엘리베이터나
지하실에서 만나는
기린 목의 얼굴 하얀 사내들 속에
산 도적이 남아 있는지 몰라
집단속은 꼼꼼히 챙기고
밖에서는 아무도 몰래
어쩌구저쩌구하고 싶은
속 다르고 겉 다른 남자들 속에
그래도 어딘가 산 도적이 숨어 있을까
새 천년의 밀림 속에

야성의 으르렁거리는 불빛을 켜고
주저앉으려는 내 몸을 번쩍 들고
이 시대의 강을 건너고
이 시대의 태산을 화살처럼
오르는 산 도적을
어디서 만날지 나는 몰라
지나가는 부자들의 주머니를 털거나
자신의 단추 하나 뜯어
내 곳간을 채워주지는 않더라도
우직하고 강직한 진실 하나는
피보다 붉은 몸도 마음도
힘이 쎈 산 도적 어디 있을지 몰라

소나무 아래서

소나무 아래서 본다
천 년 푸르다는 지조 높은 용상을
우러러 가까이 본다
옮기며 죽어버리는 그 고집
한자리 지키며 영생이라도 꿈꾸는
그 절개
오직 하늘과 독대하며
고개 꺾지 않는
가슴팍 속내를 �꽝�꽝 치다가
아차! 가지 사이사이
주먹 내어 미는 솔방울을 본다
화가 났을까
푸른 손가락 잎이 바늘 같은
몸집 크지만 날카롭고 예민한
그러나 과묵한 소나무 저 속 깊은 곳에서
툭툭 불거져 튀어나온
울화 주머니?
수 세기를 서서 세상 바라보며
천 년 깡다구도 속이 끓어
온몸으로 덮은

대바늘 잎으로도 터뜨리지 못한
분(憤)이 있을까
그러나 이 땅 소나무는 반전(反轉)을 한다
나 오늘 입은 버리고 가슴만 기대니
저 단단한 침묵의 열매도 속 연다
천 년 인내 진한 회색 빛 주먹 안에서
천 년 삭은 푸른 노래가 들린다

미모사

손끝으로 살짝 건드려도
후 하고 입김만 불어도
두려운 명령처럼 잎을 접는 미모사
열세 살 적 민감한 반응을 네게서 본다
햇살이 닿아도 어둠이 닿아도
주르르 피가 아래로 몰려
흔들리지 않으려는 자기 보호에
그는 잘 길들여져
상처받지 않으려는 운명적 순응이
열세 살 순수처럼 아름다웠다

그러나 오늘
너의 순종은 굴종으로 보인다
작은 외압에도 몸 사리며
돌돌돌 몸을 접어 엎드리는
너의 연약함에 분통이 터진다
칼이 닿아도 당당히 잎을 펴는
뎅겅 목이 달아나도 좌악 가슴을 펴는
시대적 고집이 너는 아쉽다

쯧쯧 혀를 차다가 그렇지 그래
누군가를 닮아서 더 화가 치미는
멍청하게만 보이는
딱한 미모사

설렁탕 한 그릇

펄펄 끓는
내 오기를
오지그릇에 받는다

뿔과 뼈가 푸석거리게
밤새 고아
뿌연 국물로 내린
내 운명의 족쇄를

목구멍이 데도록
단숨에 마셔
새 운명의 허벅지에
힘이 실리기를

철근처럼 뻣뻣하게
일어서서
내가 항복하고 말았던
운명이라는
황소를 단숨에 낚아채
쓰러뜨리는

새 생의 힘

숨은 눈물을 우려낸
다짐은 진하기만 하다
눈부신 하얀 피로
오래 식지 않고 조용히 끓는
설렁탕 한 그릇

젖꼭지

젖꼭지를 빨지 않은 입이 있는가
짠맛을 모르는 혓바닥이 있는가
슬프고 억울한 어머니의 짜고 매운
삶이 흘러내리는
이 땅 어머니들의 눈물까지 배어든
젖꼭지를 지그시 깨물어 보지 않은
이빨을 가진 이가 있는가
아야야
어머니가 기겁을 하며 아기 코를 잡고
젖꼭지를 빼어내다가
다시 쑥 아기 입 안에
촉촉하게 물리던 젖꼭지
조선의 장맛같이
조선의 바람으로 익고 익는 그 맛의 핵심은
짠맛이다
어머니가 그저 되던가
낯선 하늘 앞에
여자의 깊은 곳을 있는 대로 열어젖히고
생명을 내어주고 생명을 얻고서야
드디어 부풀어 오르는 젖통의 축복

서러워서 익고

체념한 듯 익고

허기로도 익었던 생명 열매

그것을 빨고 우리는 자랐다

그것을 빨고 자라면서

생의 짠맛을 몸으로 익혀왔다

한숨으로도 젖을 만들고

하늘이 무너지면 무너진 하늘로도

젖을 만드는 어머니는

누구라도 거대 왕국의

뭉클한 생명 수로(水路)를 가지고 있다

메주

날콩을 끓이고 끓여
푹 익혀서
밟고 짓이기고 으깨고
문드러진 모습으로
한 덩이가 되어 붙는 사랑
다시는 혼자가 되어 콩이 될 수 없는
집단의 정으로 유입되는
저 혼신의 정 덩어리
으깨지고 문드러진 몸으로
다시 익고익어
오랜 맛으로 퍼져가는
어설프고 못나고 냄새나는
한국의 얼굴
우리는 엉켜버렸다
끈적끈적한 점액질의
실 날로 서로 엉켜
네 살인지 내 살인지
떼어내기 어려운 동질성
네가 아프면 내가 아프고
내가 아프면 네가 아픈

그래서 더는 날콩으로 돌아갈 수 없는
발효의 하얀 금줄의 맛
분장과 장식을 모두 버리고
콧대마저 문지른 다음에야
바닥에서 높고 깊은 울림으로
온몸으로 오는 성(聖)의 말씀 하나

사용상 주의 사항

(부드러운 스폰지를 사용하여 긁힘이 없이 사용하면
원 상태로 오래 사용 가능함)

슈퍼에서 돌아와 물건 정리를 끝낸 내 오른팔에 붙은
출처 요상한 스티커 한 장
그래 알았다
제대로 임자를 잘 찾아와
내 가슴을 후려치는 쩌렁쩌렁한 호령 소리
재빨리 무릎을 꿇어 읍소(泣訴)하며
잘못하였다 잘못하였다
제대로 사용하지 못한 몸과 정신으로
생이 긁힌 자국으로 흠집 투성인
아찔한 부주의를 용서하라
원 상태는 이미 잃었고
사용 가능도 미심쩍은 나의 불확실한 시간을 용서하라

부드럽고 선하게 다루어야 한다는 걸
진작 알았다만
이 세상 과일나무의 가장 높은 열매를 따야 한다기에
나 거기 오르다 중도에서 떨어졌음에

이 몸 이렇게 만신창이의 위반 저질렀으니
사용 원칙을 반칙한 중벌을 제발 용서하라

오래 말하는 사이

너와 나의 깊은 왕래를 말로 해왔다
오래 말 주고받았지만
아직 목마르고
오늘도 우리의 말은 지붕을 지나 바다를 지나
바람 속을 오가며 진행 중이다
종일 말 주고 준 만큼 더 말을 받는다
말과 말이 섞여 비가 되고 바람이 되고
때때로 계절 없이 눈 내리기도 한다
말로 살림을 차린 우리
말로 고층 집을 지은 우리
말로 예닐곱 아이를 낳은 우리
그럼에도 우리 사이 왠지 너무 가볍고 헐렁하다
가슴에선 가끔 무너지는 소리 들린다
말할수록 간절한 것들
뭉쳐 돌이 되어 서로 부딪친다
돌밭 넓다
살은 달아나고 뼈는 우두둑 일어서는
우리들의 고단한 대화
허방을 꽉 메우는 진정한 말의
비밀 번호를 우리는 서로 모른다

진정이라는 말을 두려워하는
은폐의 늪 그 위에
침묵의 연꽃 개화를 볼 수 있을까
단 한마디만 피게 할 수 있을까
그 한마디의 독을 마시고
나란히 누울 수 있을까

향일암

하늘과 바다가 한마음으로 손잡고
우아악 힘껏 떠밀어
절벽 위에 올려 놓은 절
향일암
여수시 돌산읍 윤림리
돌산 꼭두머리
날마다 떠오르는 해와 마주 보며
바위 절벽에 붙어
빠끔히 문 열어놓은
산 조가비 같은 대웅전
막 떠오르는 해가 날마다 부처님 앞에
먼저 문안드리면
부처님은 종일 무릎 꿇는 자들에게
한 주먹씩 해를 나누어주는
망망한 바다 앞의 자비
주머니가 큰 사람이
달랑 집어넣고 싶은
돌산 핸드폰 고리같은 대웅전은
아직도 새벽마다 뜨는 해를
아침 공양 전에 받고 계시다

바다가 떠 받고
하늘이 두 팔로 아우르는
절묘한 향일암의
청량한 바람 소리가 남해를 다 먹이고도
넉넉하다

헌화가

사랑하느냐고
한마디 던져놓고
천 길 벼랑을 기어오른다
오르면 오를수록
높아지는
아스라한 절벽 그 끝에
너의 응답이 숨어 핀다는
꽃
그 황홀을 찾아
목숨을 주어야
손이 닿는다는
도도한 성역
나 오로지 번뜩이는
소멸의 집중으로
다가가려 하네
육신을 풀어 풀어
한 올 회오리로 솟아올라
하늘도 아찔하여 눈 감아버리는
깜깜한 순간
나 시퍼렇게 살아나는

눈 맞춤으로
그 꽃을 꺾어드린다

왕 눈물 수리부엉이

두 날개를 좍 펴서
찬 둥지를 따스히 덥히고
자정이면 어디론가 날아가 버리는
새
왕 눈물 수리부엉이

둥지에 남은
또 하나의 새는
날개를 접고
그 온기를 쪼아 먹으며
생의 성찬을
어둠 속에서 더듬고 있다

포르르 포르르
알의 꿈
꿈의 알이
태어날 수 있을까

둥지의 온기와
둥지의 눈물을 쪼며

알의 꿈을 키우는
새 하나를 위하여

날이 저물면 둥지를 덥히고
자정이 지나면 둥지 주변을 맴돌며
눈물로 성좌를 만드는
사랑의 새
왕 눈물 수리 부엉이

원석(原石)을 찾아서

분명 돌은 돌이지만
그 가슴속에
예쁘고 매끄러운
처녀의 속살
깊은 색깔의 꽃 한 송이도 피어 있는
사람 손이 닿은 가공의 돌에
잠시 마음이 빼앗겨
그 윤기 흐르는 피부에 입술을 대면서도
늘 그리운 모태가 있다
수천 세기의 땅속에서
그대로 파낸 제련되지 않은 광석
수만 세기 전의 땅의 가쁜 숨결을
그대로 간직하고 있는
뜨겁고 불꽃 튀는 떨림을 지니고 있는
태초의 아침
투박한 표면 속에 두려운 비밀처럼 숨어 있는
그 황홀
안으로 들면 들수록
석류 알처럼 투명하게 맑은 빛을 뿜으며
몇 천억 세기를

스스로 안에서 혼을 만들어온
지상의 사랑을 단 한마디로
압축한 그 보석
그런 광활한 세계를
태어나게 하고 다시 태어나게 하는
원석의 열두 문을 우리가 처음 열 수 있다면

달콤한 사약

십 분 쉬고 다시 수업
쉬는 시간 이어 다시 수업
그렇게 이어 공부하던 시절보다
더
쉬는 시간 없이 사랑하는
과다한 사랑 수업
쉬는 시간 없이 죽어가는
치사량의 사약을
나는 지금 먹고 있네
서로 온몸으로
죽음을 만지며 다가가
눈멀 듯 환한
사랑의 불꽃에 다다를 때
그대 두 손의 언약
내 전 생애 끝의 응답
서로 봉합하여 고리쇠를 맞물려
생을 잠그고
우리 한 계절
저 세상과 결별하여
죽어 살 수 있다면……

쉬는 시간 없이 기쁘고
쉬는 시간 없이 죽어가는
그대는 나의 달콤한 사약

어떤 상승

나 거기 닿았어
더 이상 오를 수 없는 극치의 정상
나 거기 몸이 오르고 말았어
덮고 덮이는 하늘과 땅의 긴긴 밀월
지상의 나무들이
한꺼번에 파르르 떨던
숨막히는 비상
나 거기 닿고 말았어
모든 것을 놓아버리고
극의 너머로 훨훨 날아오르는
몸 없이 몸이 오르는
끝없이 오르고 또 오르는
멈춤 없는 상승의 열락
나 거기 거뜬히 넘어버렸어
살도 뼈도 없는 시간 너머
그 위 그 위로 마구 치솟아 오르는
너와 나의 도도한 산맥

우범 지역

그가 놀고 있다
수시로 드나드는
내 가슴 안에 아예 누워버린
범죄 한 덩어리

처음엔
호루라기 한번 불면
잽싸게 달아나 버렸는데

지금은 총성에도
끄떡 않고 버티고 서 있다
독성 아편을 나누어 먹는
악성 범죄자의 눈으로는
세상의 범죄는 늘 시시하다

오늘밤 우리는
고밀도의 위험 수위를 향해
독성의 함량을 한 뼘 더 늘렸다

내가 꿈꾸는 그대

일식 집에서 차림표를 보면서
나는 아무도 몰래
주머니의 지폐와 가격을 맞추어보네
모듬회 초밥 장어구이 도미탕 새우튀김
아차 저 시가(時價)라는 것
가격도 없는 그래서 얼마인지 도저히 모르는
저 빈 공간의 공포
나는
내 얇은 주머니와 줄다리기를 하면서
자꾸 눈길이 그쪽으로 쏠리다
아래로 아래로 시선을 내린다
빈 공간인데 엄청난 힘으로 기를 죽이는
시가라는 두 글자
한번은 짜릿하게 먹고 싶은데
나는 귀족이나 왕족으로만 보이는
그 시가와 흥정조차 하지 못하고
바다 하나의 값일까
고래 한 마리 값일까
제길! 한번 몽땅 털어봐 셈만 하다가
너다 너 덥석 주문도 못하고

마음으로만 미각을 꿈꾸는
그대
내가 꿈꾸는 그대

무지개 연인

숨은 그림 찾기도 아닌
숨은 별자리 찾기도 아닌
우뚝 발을 멈추고
전율의 탄성을 지르며 바라보게 한
대낮 신기한 무지개 앞에서
운명의 미로 헤매던 두 사람은
이미 무지개보다 더 높이 걸려
일곱 가지 빛깔의 하늘을 만들고
일곱 가지 모양의 집을 만들고
일곱 가지 향기의 꽃을 피우고 있네
부채처럼 펼쳐졌다 잠시 사라진
그 무지개를 우리는 분명 보았다
가슴에서 폭발하는 그리움을
하늘에 걸어
나는 너에게 너는 나에게
일곱 가지 희망을 주는
일곱 가지 약속을 주는
대낮 하늘에 두 영혼을 옮겨 풀어놓는
무지개 연인

태극기

정장을 한
크고 작은 나무들이 둘러선
그 숲의 중심에
상처로 상처를 덮는
붉은 너와 푸른 내가
잘 체위를 맞춘
저 화끈한 상징
불같이 타오르지만
재가되지 않는
청정한 정신으로
지구의 점막에 착상(着床)되는
격렬한 혼신의 애무
왜 근엄한 시간에
사람들은 우리를 보고
가슴에 손을 대는가

우리들의 집

물수제비를 뜨는
그대의 몸놀림을 눈썹달이 지키고 있었다
돌을 가볍게 쥐고
휘익 팔을 휘두르며
몸을 낮추는 그 공간 속에
따스한 집 한 채가 보였다
휘어진 눈썹달의 그 안쪽에 어리는 평화
그때 막 퍼져오는 강가의 어둠이
푸르게 아름다웠고
쉽게 잠들 것 같은 포근한
그 허공 속에 뚜렷이 보이는 집
좀더 멀리 좀더 멀리
그대는 다시 휘이익
크게 팔로 원을 그리며
집을 지을 때
나는 작은 돌 하나가 별이 되어
물 위를 구르는 것을 보았다
우리들의 집
별이 가슴에 품어 보이지 않는 집
사랑스럽지만 순간 사라지는 집

그대여!
나는 지금 광풍처럼 달려가
그 집 앞에 신발을 벗고 싶다

24시간 편의점 1

영동대교를 지나 동부간선도로를 거쳐
내부순환도로를 밀고 들어가면
서울의 이마 광화문 네거리에 그대가 보인다
중심에선 언제나 그대가 느껴져

중심의 중심 광화문 지하도 층계
교보문고 발등을 밟고 내려가면
발끝이 저릿하게 당겨지는
그대 이름 책 한 권 들고 솟아오른다

그대 영혼의 내부순환도로
그 깊은 곳을 더듬어 가노라면
온몸 서서히 촉수 밝아져
나 뜨거워라
24시간 문 열어두었다

그리움

내 몸에 마지막 피 한 방울
마음의 여백까지 있는 대로
휘몰아 너에게로 마구잡이로
쏟아져 흘러가는
이 난감한
생명 이동

땅 끝에서 잠들다

땅 끝 바다 방파제에서
붉은 사랑주 한 잔씩 나누어 마신 달이
나보다 더 취한 척
내 옆에 드러눕는다
에라 나는 객쩍은 그의 짓거리를
스리슬쩍 일면서도
오늘 밤 땅 끝 바다에서
찐한 여자로 놀아 보고 싶어
몸 곳곳을 부딪쳐 오는 달을
조금씩 먹기로 했다
내가 달을 먹을 때마다
갑절로 내가 사라지는
땅 끝
미묘한 사랑 놀이
그래 이 한밤을
꼭 죽음으로 끄을고 가고 싶어
가려 해도 더 가려 해도 갈 곳 없는
땅 끝 방파제 바닥에서
취한 달과 어우러져
깊고깊은 잠을 잔다

순례기

사도(使徒)처럼
일상의 비늘을 툭툭 털고
너를 향해 달려가면
세상의 모든 길들은 모두 성지(聖地)다
어둠이 뱀처럼 몰려와
내 발목을 휘감아 당겨도
내 두 발은 이미 너의 것
내 사랑의 복음 전하기 위해
사도처럼 나 오직 한 길을 간다
걸어 걸어 날마다 스물네 시간
하루를 남은 전 생애처럼
경건히 널 향해 가노라면
어둠이 낳아 기르는 짐승도 무섭지 않아
지상에 가질 것은 너 하나다
오늘은
물 위를 걸어도 빠지지 않는다
널 향해 가는 길은 어디라도 성지다

흰빛은 눈을 감지 못하네

겨울 호수
하얗게 덮은 눈
먼 불빛들의 무늬로
원앙침처럼 깔려 있었네

그 흰빛 영영 눈감지 않고
내 온몸에 하얗게 눈떠
겨울에 푹 발이 빠져 그냥 그대로 서 있네
추우면서 따뜻하면서
따뜻하면서 추우면서
그 원앙침 안으로 감히 들지 못하고
마음으로 꽉 붙들고
처음 그대로 바라보기만 하네
영영 걸어 나오지 못하고 있네

봄 와도 녹지 못하고
지워지지도 못하면서
그대로 찬란한 채로 호수 침상은
다음 페이지로 넘기지를 못하고 있네
신의 어머니가 깔아논 그 침구

누구도 개켜가지 못하도록
이미 내 마음속에 달랑 옮겨다 놓아
근질근질한 빈 등을 문지르는
생의 풍경으로 자리 잡았네
흰빛은 눈을 감지 못하네

뮤즈와 팜므파탈

밤 12시에 남자가 전화를 하면
요부같이 꾸미고
여우같이 날쌔게 달려가고 싶다
가서 불꽃 튀는 시선 하나로
남자의 몸에 불을 댕겨서
삐거덕 삐거덕 생의 관절을
꺾게 하고 싶다
데릴라 장 뒤발 양귀비 장희빈
그런 여자들처럼 남자의 생의
문고리를 꽈악 잡고 뒤흔들면서
드디어 전 생애를 박살내고
처절한 죽음에 이르게 하고 싶다
그러나 나는 뮤즈
해 뜨는 아침의 창가로 다가가서
그의 겨드랑 은밀한 숲으로
입술을 오무려 후후후
예술의 뜨끈한 피를 수혈하고
남자의 온몸에 기어가는 푸른 심줄 속으로
폭풍 같은 활기를 쏟아 붓고
신통력의 화살을 그의 가슴에 겨누어

주저앉은 정신의 지팡이를 벌떡 일으키는
뮤즈
뮤즈
나는 그의 발밑에 도는 숨 쉬는 땅
머리 위에 도는
별 밭 하늘
처진 어깨를 따듯하게 감싸 올리는
부드러운 기적의 두 팔이고 싶다

돈황일기(敦煌日記) 1

―명사산(鳴沙山)에서

내 진정한 속내를 알고 싶다던
그대와 함께
슬픈 눈의 낙타를 타고
명사산에 다다르니
이미 모래 바람은
백 년을 홀로 운 영혼을 업고
소리 죽인 만큼 몸서리치며 찢어지는
흐느낌을
전생의 내 울음이라고
그대에게 귀띔하고 있었네
내 한 생을 울고 넘어 저 모래 사막의
그리움이 짜고짠 소금 산의
모래가 되었음을
두 눈 부릅뜨고
머리카락 올올히 서서 미치는
할퀴는 듯한 사방 천지의 난장 바람이
누구였는지
내 속내의 막막한 울음 산이
무너져 내리며 그대에게 안기는 것을
그대는 분명 보았는지…….

돈황일기(敦煌日記) 2

— 월아천(月峨泉)에서

목마른 어느 시절
누가 말했다 어딘가 샘이 있다고
눈물도 피도 핥으며 목을 축이고 싶은
그런 사막의 막바지에서
누기(陋氣)마저 오아시스인가 땅을 파던
그 갈증의 시절에
나는 믿었다
내 생의 꼬리 부분에
저주로도 마르지 않을
오아시스 분명 내 발목을 적시리라는
오기의 꿈을 향해
그대 이끄는
미로 같은 층계를 오르며 오르며
나는 만났다
거기 발이 멎는 순간의
전율 속으로 출렁이는
오아시스
머리 위에서 발끝으로 수직으로
쏴쏴 흘러내리는
오아시스를 우리는 만났네

핸드폰

지갑보다 핸드폰을 더
챙겨넣는 내 핸드빽은 팽팽하다

목이 차도록 빵빵하게
충전을 시킨
내 몸도 그렇게 꽉 차게
충전을 시킨
터질 듯한 기대로
은밀히 나는 지금 외출을 한다

어느 극지에서도
너와 하나가 될 수 있지
직통 연결의 직접 관통
지구의 끝에서 울리는
너의 목소리

나는 지금
테헤란로 포스코 건물 앞에서
어느 해변 도로를 달리는 너의
웃음소리를 듣지만

사실은 손을 잡고 나란히 걷는
동행의 안도감

우리는 알고 있지
두 사람의 집중력이 높여 가는
무한대의 충전 위력

우리 손에 쥐고 있는
뜨거운 약속
오늘 하루분의
우리 생명

면도날

얇고 가볍지만
잘못 건드리면
베어진다
우격다짐에는
동맥도 조용히
잘려 나간다

그러나 나는 칼이 아니다
부르면 고요히 다가서서
너의 불편을 제거하는
날렵한 손
세상을 향해 드러내는
거뭇거뭇한 사나이의 발언을
다치지 않게 밀어주는
너의 하 푸른 순수다

아리수* 사랑

푸르른 살결 위에
푸르른 하늘이 와 덮었다
아침마다 푸르른 강이 태어나고
천 년 생명의 메아리가 울었다

기우는 해도 달도 몸에 품었다
역사의 환난도 몸에 담았다
아리수여 아 아리수여
다시
새 천년을 잉태하는 푸르른 여자

* 阿利水. 삼국시대 초기 한강의 명칭.

봄의 금기 사항

봄에는 사랑을 고백하지 마라
그저 마음 깊은 그 사람과
나란히 봄들을 바라보아라
멀리는 산 벚꽃들 은근히
꿈꾸듯 졸음에서 깨어나고
들녘마다 풀꽃들 소근소근 속삭이며 피어나며
하늘 땅 햇살 바람이
서로서로 손잡고 도는 봄들에 두 발 내리면
어느새 사랑은 고백하지 않아도
꽃 향에 녹아
사랑은 그의 가슴속으로 스며들리라
사랑하면 봄보다 먼저 온몸에 꽃을 피워내면서
서로 끌어안지 않고는 못 배기는
꽃술로 얽히리니
봄에는 사랑을 고백하지 마라
무겁게 말문을 닫고
영혼 깊어지는 그 사람과 나란히 서서
출렁이는 생명의 출항
파도치는 봄의 들판을
고요히 바라보기만 하라

고독이라는 사내 하나

내 집에 사내 하나를 들여놓았다
속은 의뭉스럽지만 뚝심은 있어
냉정한 수모도 태연하게 받아들여
날카롭게 밀쳐내도
다시 무표정하게 제자리를 차지하는
그 덤덤한 사내를
아예 내 집에 눌러 앉히기로 했다
깨끗한 베개 위에 그의 머리를 쉬게 하리라
사귄 지는 오래지만 늘 괴팍하게 등 돌리며
죽기 살기로 피할 만큼 피해 보았지만
세월 탓인가
손 한번 잡지 않고 눈 맞춘 적도 없지만
은근히 내 몸까지 읽고 있는
그 사내에게 더는 잘난 척할 게 나는 없다
요즘 들어 부쩍 손놀림이 강해
민망할 정도로 음탕하게 내 가슴을 쓸어내리며
순전 깡으로 내 몸을 파고드는 사내 하나
내 건조증의 등이라도
긁어주기나 할까 몰라
고독! 너도 사내가 되기는 될까 몰라?

나는 다시 아내가 되고 싶다

나는 다시 아내가 되고 싶다
아침에 눈을 떠
그의 잡는 손을 뿌리치며 일어나
무심히 창을 열어 젖히며
아무렇지도 않는 일상 속에서
여보!
건조한 호칭을 부르고 싶다
사실은
십 원짜리 동전보다 더 싸게 느끼던
아내의 자리
만 리 밖에서도 찡그려지던
아내의 자리
마음으로 수없이 도끼를 들어 올려
찍었던 진절머리 나는
아내의 자리
어느 때나 벗어 던지고 싶은
브래지어 같은 아내의 자리가
오늘 그립다
오늘까지 순전히 처녀로 살아온 느낌의
연푸른 시간의 안개 속으로

언뜻언뜻 비치는 아득한 아내의 이마
끓어오르는 근심 하나하나를
낡고 늘어진 팬티처럼 벗어 던지고
모든 부부가 간격을 좁히며
안아 들이는 새벽 시간에
나도 한 남자의 가슴으로 무작정 뛰어드는
아내이고 싶다
영혼을 훔쳐도 죄가 안 되는
아내이고 싶다
감동 없는 몸짓 안에서
내키지 않는 미지근한 혀를 주고받으며
누가 먼저 슬그머니 일어나도 자존심이 상하지 않는
그 사람의 아내가 된다면?

나는 지금
한 십 분쯤 아내가 되고 싶다

낙타

태양의 살점이 녹아나는
사막 위를
군소리 없이 걸어가던 낙타
오늘
서울 강남구 테헤란로를
무슨 군소리를 하면서
터벅터벅 걸어가고 있다
테헤란로에 오아시스가 있다고
선인장이 바람에게 들었다고
슬그머니 낙타에게 말해 주었다나
아무래도 낙타는
길을 잘못 들어섰나 보다
테헤란로에는 전광판에
미인이 물을 마시는 광고만 나올 뿐
샘물을 통으로 사버린 부자들이
빌딩을 비우고 인적 드물다
사막보다 더 뜨거운 바닥에
발톱 지지며 걷고 다시 걸어간 끝에
검찰청 옆에서 만난
휘어진 향나무 한 그루

서울의 오아시스를 가리키는
화살표 하나 크다고 생각하며
한 모금 물 본 듯
향나무 속으로 눈 젖은 낙타
바삐 걸어 들어가고 있다

다 닳은 촛불

불을 켜면
바닥이 다 타버릴 것 같은
수명 다한
색색의 사연들
가녀린 뿌리 하나 남기고
오래 몸 사르다 갔다
몸을 비운 것들
상자에 가득하다

떨리는 불빛 하나와
떨리는 침묵의 말로
성심 다한 상견례 끝나면
저 강물 아래 흐르는 말
저 구름 아래 흐르는 말
말하지 않아도 말이 되는
그 촛불 속 응답
나 그로써 오늘
성한 사람으로 서 있다

녹아 내리는 것들은

비틀거리는 내 마음의
밑돌로 채워져
안을 밝히는 촛불 안으로 스며들어가
상생(相生)의 불로 다시 켜지는
말 없는 말
그리고 당신의 끄덕임

해

지금 막
영웅 하나가 태어났다

하룻밤의 거대한 고독을 뚫고
아침에
눈을 뜨고 일어나는
역사의 초인

아침에 눈을 뜨고 일어나는 자
그대는 승자(勝者)

평지의 K2

삶의 종결을 잘 알면서도
허공 위의 허공을 기어오른다
정상 없는
일천만 개의 일상이
수천만 개의 정상이 되는
젊은 날 얕보다 잘못 딛은
생이라는 이름의 저 산
지상의 가장 높은 산이여
예측 불허의 기상 악화
그 공포의 안개를 더듬으며
오늘도 위태로운
아편꽃 빛 노을 한 가닥 잡고
온몸으로 기어오르는
평지의 K2

작아지는 발

새봄 새순같이
부드러워 혼자 설 수 없었던 내 발은
처음으로 혼자 섰을 때의
환호하는 어머니의 기억을 갖고 있다
시골 흙길과 돌길을
발 부르트게 다닌 개구쟁이의 기억은
내가 알고 있는 일
서서히 내 발은 자라
고무신에서 하이힐을 신으며
세상을 밟고 살아오면서
고무에서 가죽으로 내 마음도 단단해졌다
오징어 배보다 더 큰 배를 신고 싶었다
비행기같이 하늘을 나는 높은 구두를 신고
어머니를 누르던 키 큰 사람들을
눌러주고 싶었다
날쎈 파도와 바람을 가르며
장부(丈夫) 같은 두 발 속의 열 개 발가락을
돛으로 깃발로 휘날리고 싶었다
그러나 꿈은 높고 발은 작아
온몸에 버거운 퇴적물만 쌓여

군더더기의 살들이 무거웠을까
자꾸만 한 문수씩 줄어드는 내 발
내 몸의 은근한 양심수인가
헛된 것의 하중을 내 발이여!
네가 스스로 알고 있겠다!

앨범 속의 허무주의

나는 과하게 놀았다
너무 많은 남자들과
호호 후후 사진을 찍었다
이름도 모르는 생의 골목길
미국 영국 프랑스 일본 중국
한국의 무슨 무슨 모임에서
우르르 몰리며
어깨동무를 하고 손을 잡고 팔을 잡은 채
김치-이를 하며 사진을 찍었다
몇십 년 문단 생활의
내 시는 지금 웃고 있을까
웃지 마! 앨범 속의 내 웃음을 향해
허리를 꼬집어 주고 싶은데
입 다물 것 같지 않은 저 허무와 냉소
사진에 없는 야한 농담들은 한순간 쓸려가고
다정한 관계도 아닌 관계의
마른 웃음소리
사진 속으로 들어가 보아도 길은 보이지 않고
사람들은 다가갈수록 낯설어진다
모두들 서둘러 귀가했는지

이름을 불러보아도 대답이 없다
영혼은 사진에 찍히지 않는다
추억은 반납하지 않아도 무게가 준다
사진은 맛이 없다
사진은 배가 고프다

아! 거창

세상에서 가장 아름다운 나무
세상에서 가장 아름다운 하늘
세상에서 가장 아름다운 꽃을
세상에서 가장 처음으로 바라본
땅을 아시는지요

어머니 아버지 언니 오빠
집 가족 이웃 학교 별
친구라는 말을 처음 배운 곳을 아시는지요

사랑이라는 말을
꿈이라는 말을
마음이라는 말을 처음 고백한 곳
그곳은
세상에서 가장 맑은 바람 불고
세상에서 가장 밝은 웃음 넘치는 곳
언제나
세상에서 가장 따뜻한 손이 기다리는
또 하나의 어머니
아! 거창

폭포

오직
외길
세상은 잠시 물러가고
기꺼이 파멸을 향해 뛰어내리는
저 현란한 투신

한번쯤 만나고 싶었던
가슴 뛰는 영웅들을 여기서 본다

항복이 아니다
부서질 수밖에 없는
종착 지점을 향해
곤두박질치는
찰나의 대결

떨어져 내리는
그 순간의 팽팽한 결의를 뒤따르는
숨은 영웅들의
격렬한 순열을 여기서 본다

얼음 덩어리

나무인 줄 알고
어느 바람이 슬며시 떨구고 갔을까
씨방인 줄 알고 아예 은밀히 박혀 있었을까
내 몸에 내 살이 되어버린
우박 한 알
몇 번의 봄도 다녀갔지만 녹지 못하고
매운 고집처럼 버티고 있는
서늘한 냉소
얼음 박힌 눈으로 보는 세상은 늘 겨울
나는 콜록거리며 겨울 거리를 헤매고
얼음판이 되어가는 내 몸을
저 들판의 얼음 위에 누워
차라리 더 꽁꽁 얼어 입 다물게 하고 싶었다
그러나
따뜻한 눈물 한 방울
얼음 속에 오래 살아 있었는가
아주 느리게 세상 밖으로 걸어 나오려는
눈 비비며 온몸으로 걸어 나오려는 봄의 전언 들린다
겨울 저녁 답 두 눈에 피어나는 불꽃
충혈

하나의 풍경

나뭇잎 몇 개 떨어져
봉은사 뜰을 쓸고 있다

나무에 남은
두 손 합장한 나뭇잎들
하나의 풍경 보고
허허 웃으며 손 풀고
봉은사 허공을 쓸고 있다

쓸려 모아진 쓰레기 더미 속
가시 돋친 험담들이 고개를 숙이고 있다

얼룩 지워진 새벽 산책 길
갑자기 눈 밝아져
시선 주는 곳 멀고 드넓다

종소리

가슴에 종을 달고 있는 여자
조금만 움직여도 가슴이 우는 여자
드디어 몸이 종이 된 여자

대부도 일몰을 바라보던 날
열 개의 손톱
열 개의 발톱
헤아릴 수 없는 머리카락 한올 한올에서
어깨 허리 관절 하나하나에서
쩌러렁 쩌러렁 종이 울리기 시작했다
종은 상처를 알리는 신호음인가
아픈 곳에서 더 큰 종소리가 울렸다

대부도 일몰을 본 지가 몇 해 지났지만
저녁 해가 지는 일몰 시간이면
아직도 대부도 일몰의 종소리가 울린다
상처만큼 깊은 대부도 종소리
온몸을 돌아다니며
뎅그렁뎅그렁 울리고 있다
내 몸이 그렇게 두꺼운 구름을 거느린 것을

알지 못했다
슬쩍 건드려도 주루룩 비가 쏟아지는
사랑 하나가
가슴속에 파놓은 깊은 눈물샘
오래되면 우물도 종이 되는가

애야 길을 잃어보아라
—— 뉴욕에 있는 연경에게

애야 길을 잃어보아라
곧고 바른 길의 높은 가로등 불빛
그 반대편 안개와 어둠으로 섞인
미로의 미로에서 길을 잃어보아라
세계의 중심 뉴욕의 맨해튼에도
거친 산길이 있었구나
방 안에 있어도 내어 쫓기는 기분
평지를 걸어도 안나푸르나 같은
아찔한 절벽 너도 이제 조금은
눈물 밥은 마시는 것이 아니라
이빨로 으드득 으드득
씹어야 한다는 것을 알았으리라
애야 다시 길을 잃어보아라
사방은 어둠 모든 것은 절벽의 끝이리니
누구에게도 묻지 말아라
너의 열 손가락으로
더듬고 할퀴고 넘어지거라
발가락 떨어지는 얼얼함으로
뒤로 돌아서지 말아라
맨해튼은 타종 인간의 숲

그 숲의 회오리 속으로 쑥 들어가거라
알파벳 A B C 원 투 쓰리 숫자를 세면서
미국의 층계를 오르내리며
길을 잃어보아라
서울 여자의 콧날이 거기서도 낮지 않으리니
그래 죽어도 일어나지 못할 땐 주저앉아라
주저앉아도 좋을 눈물 방석 위에서
네가 사랑을 울었을 때처럼
어둠도 두려워 달아난 하얀 광야를
너의 핏빛 울음으로 넘치게 하라
그런 너를 생각하면
나는 아랫도리가 뭉개지고
월경의 첫날처럼 심한 배앓이를 하겠지만
애야 길을 잃어보아라
돌아 나올 수 없는 멀고 깊은 곳에서
더듬어 나오는 너의 붉은 열 손가락
피의 깃발 위에
연한 봄나물 순(筍)이 돋고
환한 웃음도 배울게 될 일이다
나의 사랑하는 연경아

4월의 꽃

홀로 피는 꽃은 그저 꽃이지만
와르르 몰려
숨넘어가듯
엉겨 피어 쌓는 저 사건 뭉치들
개나리 진달래 산수유
벚꽃 철쭉들
저 집합의 무리는
그저 꽃이 아니다
우루루 몰려 몰려
뜻 맞추어 무슨 결의라도 하는지
그래 좋다 한마음으로 왁자히
필 때까지 피어보는
서럽고 억울한 4월의 혼령들
잠시 이승에 불러 모아
한번은 화끈하게
환생의 잔치를 베풀게 하는
신이 벌이는 4월의 이벤트

봄

선물을 싼 줄은
절대로 가위로
싹둑 자르지 마라

고를 찾아
서서히 손끝을 떨며
풀어내야지

온몸이 끌려가는
집중력으로
그 가슴을 열어가면
따뜻한 줄 하나
언 땅 밑에서
조용조용 끌려 나오려니
우주의 하체가 손끝에
움찔 닿으리

곧 선물의 정체가
보이리라

빈 들

추수 끝내고 겨울로 접어드는
빈 들이여
정 깊은 산하여
아 아직 정면으로 보지 못한
나의 등을 여기서 본다

울고 보채는 저녁 바람
흔들흔들 업어 달래고
뼛속까지 발 뻗어오는
새벽 한기
다독다독 업어 재우던
이제는 까끌까끌
마른 뼈가 잡히는
왠지 서늘한 내 등이여

그러나 흙이 따뜻한 저 빈 들을 보아라
한 여자의 한평생 설움은
다 받아주지 못해도
그 설움을 반으로 자른 것이야
지금도 거뜬히

업어줄 것 같기만 보인다

더러 무표정한 안개 무리와
귓부리가 얼얼한 바람만
가끔 몸 비비고 떠나가는
안아주고 싶은 그러나 안아줄 수 없는
나의 빈 등을 여기서 만난다

허리둘레

저릿하게 가슴이 부풀어오르고
이상은 하늘까지 나르던 시절
내 허리둘레는
23
사나운 사내의 왼손 하나로도
꺾일 듯한 그 한 줌 허리는
놀라워라
이상은 낮아지고 젖가슴 풀어지는
때를 맞춰
내 허리 30을 꽉 채웠다
뭐든 먹어치워야 직성이 풀리는
이 시대의 과식(過食)이 불러들인 습성
으깨지고 무너지면서 뭉친 살덩이
여자의 살이여 어디서 왔는가
불 속에도 뛰어들고 강물 속에도
뛰어든 생의 거친 운동에도
살은 뼈를 누르며 두꺼워져 갔다
눈물도 오기도
살 외에는 될 것이 없었는가
허리둘레가 굵어지면서

흐릿하고 탁해진 내 피여
들어내지 못하는
몸속에 떠 있는 지방질의 섬이여!
울어라 울어라 섬!

총천연색 두려움

몸살 기침 콧물 두통 인후통 오한 발열 근육통
종합 감기약을 입 안에 털어 넣는다
요 며칠 입 안에 넣은 밥알보다 많은
성분 오묘한 알약들
분노 공포 두려움을 미색으로 봉한
총천연색 화려한 가면
비장하게 몸속으로 들어가
만발한 몸살의 꽃 한 송이를 지게 할 수 있을까

칼춤 추는 근육통
난타의 두통
뼛속 회오리 오한
그것은
내 욕망을 누르는 고인돌
내 삶의 목덜미를 누르고 누르고 눌러서
내 몸속 한 점 불씨마저
꺼버리려는 숨은 적의의
검은 손
미색의 총천연색 아양으로 쫓을 수 있을지 몰라

나 아직 타고 있어
나 아직 끓고 있어
발열과 오한의 헛소리를 외치며
이 봄 나는
총 천연색 의문의 팻말을 들고
감기라는 불한당에 꽉 잡혀 오래 갇혀 있다

오래 말하는 사이

1판 1쇄 펴냄   2004년 10월 30일
1판 6쇄 펴냄   2014년 3월 27일

지은이 신달자
발행인 박근섭, 박상준
편집인 장은수
펴낸곳 (주) 민음사

출판등록 1966. 5. 19. 제16-490호.
서울특별시 강남구 도산대로1길 62(신사동)
강남출판문화센터 5층 (135-887)
대표전화 515-2000 / 팩시밀리 515-2007
www.minumsa.com